11 Décembre 1905

marqué PN

Succession de Madame D... de La Cour

OBJETS D'ART

ET

D'AMEUBLEMENT

Anciennes Porcelaines de Chine

BIJOUX

TABLEAUX

AQUARELLES ET DESSINS

CATALOGUE

DES

OBJETS D'ART

ET

D'AMEUBLEMENT

BIJOUX

ÉMERAUDES ET DIAMANTS

ANCIENNES PORCELAINES DE CHINE

DENTELLES — FOURRURES — ARGENTERIE

SCULPTURES — BRONZES — PENDULES — MEUBLES

TABLEAUX ANCIENS

ET MODERNES

Œuvres remarquables de :

VAN DER HEYDEN, LUTTICHUYS, A. VAN OSTADE, JACOB RUYSDAEL, TH. ROUSSEAU, D. TENIERS, A. VAN DE VELDE, ETC.

AQUARELLES ET DESSINS

Par :

BOILLY, BOUCHER, FROMENTIN, GAVARNI, HARPIGNIES, HUET, J. JACQUEMART, E. LAMBERT, MADELEINE LEMAIRE, MOREAU LE JEUNE, ETC.

GRAVURES DE L'ÉCOLE FRANÇAISE DU XVIIIe SIÈCLE

Provenant de la Succession de Mme D***

ET DONT LA VENTE AURA LIEU, A PARIS

HOTEL DROUOT, SALLES Nos 7 & 8

Du Lundi 11 au Vendredi 15 Décembre 1905

à deux heures

COMMISSAIRE-PRISEUR

Me PAUL CHEVALLIER, 10, rue Grange-Batelière

EXPERTS

M. BOUCHERON	**MM. MANNHEIM**	**M. J. FÉRAL**
26, place Vendôme	7, rue Saint-Georges	7, rue Saint-Georges

EXPOSITIONS

PARTICULIÈRE : Le Samedi 9 Décembre 1905, } **De 1 h. 1/2**
PUBLIQUE : Le Dimanche 10 Décembre 1905, } **à 5 heures 1/2**

Entrée par la rue Grange-Batelière.

CONDITIONS DE LA VENTE

Elle sera faite au comptant.

Les acquéreurs paieront *dix pour cent* en sus des enchères.

L'exposition mettant le public à même de se rendre compte de l'état et de la nature des objets, il ne sera admis aucune réclamation une fois l'adjudication prononcée.

Paris. — Imp. de l'Art, E. Moreau et Cie, 41, rue de la Victoire.

ORDRE DES VACATIONS

Le Lundi 11 Décembre 1905

Bijoux	1 à 50

Le Mardi 12 Décembre 1905

Porcelaines de Chine	132 à 246

Le Mercredi 13 Décembre 1905

Gravures	51 à 58
Aquarelles, Dessins	59 à 77
Tableaux	78 à 90
Faïences et Porcelaines variées	91 à 98
Porcelaines et Grès du Japon	99 à 131

Le Jeudi 14 Décembre 1905

Argenterie, Plaqué	247 à 281
Dentelles, Fourrures	282 à 319
Objets variés de l'Extrême-Orient	320 à 352
Objets divers, Piano	353 à 366

Le Vendredi 15 Décembre 1905

Sculptures	367 à 371
Bronzes, Pendules	372 à 379
Meubles	380 à 388
Mobilier courant	389

Désignation

BIJOUX

1-2 — Quatre-boutons, stras et argent.

3 — Bracelet orné de cinq camées-coquilles ; monture d'or.

4-5 — Deux broches variées, camée-agate, monture d'or.

6 — Plaque de bracelet, camée-agate, entourage de roses.

7 — Neuf boutons de corail.

8 — Bracelet-gourmette, maillons or et maillons pavés de roses.

9 — Bracelet-gourmette, or et platine, enrichi de cinq médaillons.

10 — Bracelet-natte or.

11 — Bracelet souple or poli, enrichi d'un médaillon pavé de rubis et de brillants.

12 — Bracelet-serpent articulé, en or, enrichi d'un gros brillant sur la tête.

13 — Paire de boutons d'oreilles : brillants solitaires.

14 — Broche : grand macaron pavé de brillants et enrichi de trois pendeloques brillants-poires encadrées de brillants.

15 — Cinq broches-églantines pavées de brillants.

16 — Broche-barrette, brillants enrichis de cinq pendeloques, brillants poires.

17 — Pendant de cou composé d'une grosse émeraude rectangulaire entourée de deux rangs de brillants ; bélière enrichie de trois brillants.

18 — Autre pendant de cou analogue au précédent.

19 — Paire de boucles d'oreilles composées chacune d'une émeraude rectangulaire entourée de dix brillants.

20 — Bracelet : macaron formé d'une émeraude carrée entourée de deux rangs de brillants : corps en chute pavé de brillants.

21 — Rivière, composée de quatre-vingt-quatorze brillants.

22 — Bague-portrait : chaton, composé d'un diamant-table, entouré de petits brillants.

23 — Bague-jumelle, composée de six brillants, avec petits brillants sur les corps.

24 — Bague, composée d'une perle blanche, une perle noire et de deux brillants, avec petits brillants sur le corps.

25 — Bague-marquise, composée d'une perle noire sur fond pavé de brillants.

26 — Bague, composée d'une émeraude rectangulaire entre deux brillants.

27 à 29 — Six épingles de cravate, perles blanches et noires. Seront divisées.)

30 — Broche et deux boutons de manchettes, mosaïque romaine.

31 — Broche, peinture sur émail. Monture or.

32 — Deux pendants d'oreilles, paire de boutons de manchettes et plaque ovale, lapis.

33 — Paire de boutons de manchettes au chiffre repercé et ciselé, or.

34 — Deux épingles de bonnet, or repercé et petits rubis.

35 — Chatelaine, avec montre en or, chiffre ciselé.

36 — Chatelaine, argent et cuir, avec montre, argent et porte-mine, or.

37 — Chatelaine garnie argent, avec boitier de montre, argent.

38 — Paire de boutons de manchettes, améthystes.

39 — Trois breloques et un cachet, or, argent et pierres.

40 — Montre, or émaillé vert, avec chiffre, rubis et roses.

41 — Broche-médaille, argent : Tête de Minerve.

42 — Broche, camée-agate, monture or à palmettes.

43 — Parure de deuil, onyx et or : bracelet, collier, broche, boutons de manchettes, bague et médaillon, chiffre en roses.

44 — Petite bourse en or et platine.

45 — Paire de ciseaux et dé en or.

46 — Flacon à sels, bouchon d'or de couleur.

47 — Flacon à sels, garniture d'or gravé.

48 — Carnet avec crayon en argent gravé et doré.

49 — Carnet écaille, orné de deux petits émaux; garniture d'argent.

50 — Deux petites bonbonnières variées, argent.

GRAVURES

BOUCHER

(D'après FRANÇOIS)

51 — « *Quos ego* ».

Pièce encadrée.

BOUCHER

(D'après FRANÇOIS)

52 — *Le Panier mystérieux.*

— *Le Berger récompensé.*

Deux pièces encadrées.

FRAGONARD

(D'après HONORÉ)

53 — *Le Petit prédicateur.*

— *Les Beignets.*

Deux pièces encadrées.

FRAGONARD

(D'après HONORÉ)

54 — *La Bascule.*

— *Le Colin-Maillard.*

Deux pièces encadrées.

LAWREINCE

(D'après)

55 — *La Soubrette confidente.*
— *La Marchande à la toilette.*

Deux pièces encadrées.

MOREAU LE JEUNE

(D'après)

56 — *La Petite Loge.*
— *La Partie de Wisch.*

Deux pièces encadrées.

SAINT-AUBIN

(D'après AUGUSTIN DE)

57 — *Portrait de Voltaire.*
— *Portrait de Linguet.*

Deux pièces encadrées.

SAINT-AUBIN

(D'après AUGUSTIN DE)

58 — *La Promenade des remparts de Paris.*
— *Tableaux des portraits à la mode.*

Deux pièces encadrées.

Phototypie Berthaud Paris

AQUARELLES ET DESSINS

BOILLY

(LOUIS-LÉOPOLD)

La Bassée, 1761-1845

59 — *Portraits des Enfants de l'Artiste.*

Trois têtes dans le même cadre.

Charmants dessins au crayon noir, rehaussés de blanc.

Cadre en bois sculpté.

Haut., 14 cent. ; larg., 30 cent.

(Vente H. P. du 9 mai 1885, n° 8.)

BOUCHER

(FRANÇOIS)

Paris, 1703-1770

60 — *Bergère assise.*

Jeune femme assise sur une butte de terre, vue presque de face, avec des roses dans les cheveux ; de la main droite elle tient une houlette ; à sa gauche, un jeune enfant.

Beau dessin aux trois crayons.

Gravé par Demarteau.

Haut., 34 cent. ; lag., 26 cent.

(Vente du 17 Avril 1883, n° 27.)

BOUCHER

(FRANÇOIS)

61 — « *Quos Ego* ».

Neptune apaisant la tempête qu'Eole avait excitée contre la flotte d'Énée.

En haut, des armoiries soutenues par des amours et une déesse assise sur des nuages.

Très beau dessin à l'estompe, rehaussé de blanc.

Signé et daté : *1743*.

Gravé par Laurent Cars.

Haut., 55 cent.; larg., 38 cent.

(*Vente H. P. 9 mai 1885, nº 11.*)

BOUCHER

(FRANÇOIS)

62 — *Cour de Ferme.*

Au centre, une petite paysanne jette du grain à des poules.

Charmant dessin au crayon noir, rehaussé de blanc.

Signé et daté : *1751*.

Cadre en bois sculpté.

Haut., 17 cent.; larg., 27 cent.

(*Vente H. P. 9 mai 1885, nº 12.*)

DESRAIS

(CLAUDE-LOUIS)

Paris, 1746-1816

63 — *Huit Dessins de Coiffures.*

Ces dessins sont exécutés à la plume, avec lavis d'encre de Chine et de bistre.

Ils ont été gravés à quatre sur la même feuille dans le livre, intitulé : *Galerie des Modes et Costumes français*, ouvrage commencé en l'année 1778, dessiné d'après nature, par Leclerc, Desrais, Martin, Simonnet, Watteau Fils et Saint-Aubin.

A Paris, chez les sieurs Esnauts et Rapilly.

Haut., 14 cent.; larg., 11 cent.

(*Vente H. P. 9 mai 1885, nº 37.*)

FROMENTIN
(EUGÈNE)

64 — *Cavaliers arabes.*

Au verso, le cachet de la vente de l'artiste.
Aquarelle.

GAVARNI
(PIERRE)

65 — *“ Wellingtonia, je veux bien, mais gigantea ! ”*

Un jardinier en tablier bleu, vu de face, montrant un petit arbuste dans un godet.
Aquarelle signée à droite.

Haut., 29 cent.; larg., 21 cent.

(Vente du 26 mai 1884, n° 47.)

GAVARNI
(PIERRE)

66 — *“ On dit : Mariez-vous, vous ferez bien. Moi, non, je dis : Mariez-vous, vous ferez mal..... et ne vous mariez pas, vous ferez mieux ! ”*

Deux individus, dans un paysage, marchant vers la gauche et causant.
Très belle aquarelle signée à gauche.

Haut., 27 cent.; larg., 21 cent.

(Vente du 26 mai 1884, n° 54.)

HARPIGNIES

67 — *Vue d'un Square, à Paris.*

Aquarelle.
Signée et datée : 1882.

HUET

(JEAN-BAPTISTE)

Paris, 1745-1811

68 — *Le Rendez-vous.*

Un berger et une bergère assis auprès d'un monument en ruines; à gauche, un pont; près d'eux, quelques animaux.

Signé et daté : *1787.*

Dessin à la plume et à la sépia, rehaussé de blanc.

Cadre en bois sculpté.

Haut., 29 cent.; larg., 20 cent.

HUET

(JEAN-BAPTISTE)

(PENDANT DU PRÉCÉDENT)

69 — *Le Bain.*

Quatre jeunes femmes se baignent dans une rivière; dans le fond, quelques ruines; à droite, des moutons couchés.

Signé et daté : *1787.*

Dessin à la plume et à la sépia, rehaussé de blanc.

Cadre en bois sculpté.

Haut., 29 cent.; larg., 20 cent.

JACQUEMART

(JULES)

70 — *Vue d'un port.*

Très belle et importante Aquarelle.

Signée et datée : 79.

JACQUEMART

(JULES)

71 — *Vue de Paris, prise des fenêtres du Louvre.*

Dessin à la plume, reproduit dans le Catalogue de la Société des Aquarellistes en 1879.

Signé à gauche : *J.-J.*, 79.

Haut., 18 cent.; larg., 26 cent.

(*Vente Jules Jacquemart, 4 avril 1881, n° 40.*)

JACQUEMART

(JULES)

72 — *Le Pont de Carci.*

Dessin à la plume.
Signé à droite.

Haut., 18 cent.; larg., 27 cent.

(*Vente Jules Jacquemart, 4 avril 1881, n° 36.*)

LAMBERT

(EUGÈNE)

73 — *Chatte, petits chats et accessoires de cuisine.*

Aquarelle.
Signée à gauche.

LEMAIRE

(MADELEINE)

74 — *Chrysanthèmes dans un vase.*

Aquarelle.
Signée à droite.

LEMAIRE

(MADELEINE)

75 — *Violettes et giroflées.*

Aquarelle en forme d'éventail.
Signée à droite.

MOREAU LE JEUNE

(JEAN-MICHEL)

Paris, 1741-1814

76 — *Dessin d'un Cartel.*

Ornementation : de chaque côté, un amour ; en haut, deux colombes qui se becquètent.

Dessin, de forme ronde, au lavis d'encre de Chine sur fond bleu.

Diam., 15 cent.

(*Vente du 17 avril 1883, n° 205.*)

PICART

(BERNARD)

Paris, 1673-1733)

77 — *Frontispice pour un livre sur la Marine.*

Cartouche ornementé, en haut duquel sont représentés Mercure et le Génie de la Navigation.

La composition du milieu représente un atelier de tisseurs de voiles.

Dessin à la plume et au lavis d'encre de Chine.

Signé et daté : *1716*.

Cadre en bois sculpté.

Haut., 22 cent.; larg., 17 cent.

TABLEAUX

ANCIENS ET MODERNES

BACKHUYSEN

(LUDOLF)

Embden, 1631-1708

78 — *Marine avec voiliers.*

La mer est légèrement houleuse sous un ciel plein de nuages et dont les sommets sont vivement éclairés.

Sur le devant, deux barques de pêcheurs : l'une est arrêtée, l'autre file rapidement, ses voiles déployées ; dans le fond, à gauche, un navire au pavillon hollandais ; à l'horizon d'autres barques.

Signé à gauche sur une épave.

Toile. Haut., 78 cent.; larg., 87 cent.

(*Vente Delessert, 18 mars 1869.*)

BERGEN

(DIRK VAN)

Harlem, 1645-1689

79 — *Paysage avec bergers et animaux.*

Une bergère caressant un mouton est assise au pied d'un arbre ; un pâtre debout semble l'entretenir. Ils sont entourés d'un troupeau composé d'un cheval, de chèvres et de bœufs.

Dans le fond et à gauche, un chateau s'élève dans un site montagneux, au-delà d'un cours d'eau bordé d'arbres.

Toile. Haut., 62 cent.; larg., 82 cent.

DAEL

(JEAN-FRANÇOIS VAN)

Anvers, 1764-1840

80 — *Fleurs dans un vase.*

Des roses, des tulipes, des anémones, des pavots, des pensées, des œillets, des gueules de loups sont réunis dans un vase posé sur une console de marbre.

Fond de paysage.

Signé et daté : *1810.*

Toile. Haut., 61 cent.; larg., 47 cent.

HEYDEN

(JEAN VAN DER)

Gorcum, 1637-1712

81 — *Monuments au bord de la mer.*

Un portique s'ouvre à gauche sur une terrasse où plusieurs personnages se promènent.

A droite, des baigneurs se jettent d'une barque dans l'eau d'un bassin. Une autre barque chargée de monde gagne le large, où de grands voiliers voguent sous un ciel légèrement nuageux.

Sur une colline boisée se dresse une église à tour carrée.

Signé en toutes lettres, au premier plan, sur un socle.

Bois. Haut., 55 cent.; larg., 73 cent.

LUTTICHUYS

(ISAAC)

E. H. XVIIe siècle

82 — *Portrait d'homme.*

Un gentilhomme se promène au bord de la mer, vêtu de velours noir, couvert d'un manteau, une main sur la hanche et tenant son chapeau de l'autre main ; le visage jeune, vu de face.

Au fond, des bateaux à voiles et des pêcheurs déchargeant une barque. A droite, une charrette et des dunes à l'horizon.

Œuvre rare d'un maître charmant et digne de nos musées.

Signé à droite en toutes lettres et daté : *1641*.

Bois. Haut., 66 cent.; larg., 50 cent.

(*Vente Koucheleff Besborodko, 5 juin 1869. N° 19.*

MOUCHERON

(FRÉDÉRIC)

Embden. 1633-1686

83 — *Paysage d'Italie.*

Une charette de paille, des cavaliers, suivent un chemin escarpé.

Au premier plan une mare ; dans le lointain des montagnes s'élevant sous un ciel doré par les rayons du soleil couchant.

Toile. Haut., 89 cent ; larg., 80 cent.

OSTADE

(ADRIEN VAN)

Haarlem, 1610-1685

84 — *Le Cabaret.*

Un buveur et un fumeur sont attablés dans un cabaret. Tandis que l'un se dispose à verser à boire, l'autre allume sa pipe.

Tableau très sobre de tons et très harmonieux.

Signé à gauche : *A Ostade.*

Bois. Haut., 26 cent. ; larg., 20 cent.

(Galerie Ursaïs.)

(Collection Pereire, 1872.)

ROUSSEAU

(THÉODORE)

85 — *Intérieur de Forêt.*

Une clairière semée de roches est entourée d'arbres aux feuilles dorées par l'automne.

Au centre, un chasseur suivi d'un chien.

Signé à gauche.

Toile. Haut., 32 cent.; larg., 20 cent.

RUYSDAEL

(JACOB)

Harlem, 1628-1682

86 — *Les Deux Chênes.*

Ils s'élèvent sur un tertre embroussaillé dominant de leurs ramures touffues un large cours d'eau.

A gauche, un chasseur couvert d'un manteau rouge flottant au vent, monté sur un cheval blanc, suit au galop deux chiens poursuivant un lièvre.

Dans le fond une rive boisée.

Ciel clair légèrement nuageux.

Signé en toutes lettres et daté : *1651.*

Toile. Haut., 90 cent.; larg., 72 cent.

Phototypie Berthaud, Paris

87

TENIERS

(DAVID)

Anvers, 1610-1690

87 — *Le Vieillard.*

Dans un cabaret, un groupe de cinq hommes jouent aux dés ou regardent les joueurs ; l'un d'eux, à gauche, vieillard à cheveux blancs ras, est debout et se prépare à lancer les dés, tandis qu'un jeune homme, en vêtements gris, regarde son partenaire ; un autre, debout, tient une pinte.

Trois autres personnages causent et boivent près d'une cheminée. A gauche, une servante apporte un fromage et une cruche de grès. Sur un banc, un pot en étain, un manteau gris et un chapeau noir. A terre, une cruche. Sur le mur, éclairé par une petite fenêtre, une planche couverte de poteries et de bouteilles. Sur la cheminée, une tête dessinée sur papier et la date 1649.

Gravé par Guttenberg, ce tableau a fait partie de la galerie du Palais-Royal. Le style et la pratique de Teniers, dans ce remarquable tableau, donnent une idée de sa verve satyrique et de sa vigueur d'exécution. Toutes les figures sont vues sous un caractère particulier, avec des attitudes diverses qu'une tonalité grise harmonise et enveloppe d'un charme merveilleux.

Signé à droite, en bas : *D. Teniers Fec.*

Toile. Haut., 41 cent. ; larg. 36 cent.

(*Vente Koucheleff Besborodko, 5 juin 1869. N° 33.*)

TENIERS

(DAVID)

88 — *Le Savetier.*

Assis dans son échoppe sur un billot de bois, coiffé d'un bonnet blanc, en habit gris, bas bleus, tablier de cuir, il tient un soulier appuyé sur ses genoux.

Ses outils sont mêlés sur le sol. Dans le fond, un tabouret de bois et des objets de ménage.

Tableau de la meilleure qualité du maître, en parfait état de conservation.

Signé à gauche en toutes lettres.

Bois de forme ovale.

Haut., 32 cent. ; larg., 23 cent.

VELDE

(WILLEM VAN DE)

Amsterdam, 1633-1707

89 — *Marine.*

A droite, au premier plan, trois personnages sur une jetée, près de laquelle un bâtiment à voiles est amarré.

A gauche, une bande de sable et un bateau, plus loin, deux grandes barques à voiles et un bateau chargé de marins.

A l'horizon un trois mâts et de nombreuses embarcations.

Tableau lumineux et d'une délicatesse de tons propre au grand Maître hollandais.

Signé du monogramme.

Toile. Haut., 45 cent.; larg., 60 cent.

(Collection de Thomas Emmerson, de Londres.)
(Collection du docteur Rinecker.)

WYNANTS

(JEAN)

Haarlem, 1625-1682

90 — *Paysage d'une vaste étendue.*

Une vallée accidentée, traversée par un cours d'eau, s'étend à l'horizon.

Au premier plan, sur un chemin sinueux, un paysan conduit une charrette attelée d'un cheval blanc.

A droite, un monticule ombragé par de grands arbres.

Signé à gauche, en toutes lettres et daté : *1675.*

Toile. Haut., 81 cent.; larg.; 100 cent.

FAIENCES ET PORCELAINES VARIÉES

91 — Corbeille et plateau décorés de fleurs en ancienne faïence de Strasbourg.

92 — Deux lampes en ancienne faïence de Delft, décor bleu, animaux et fleurs.

93 — Deux bouteilles et deux cornets à pans avec couvercles en ancienne faïence de Delft à décor polychrome de fleurs et oiseaux sur fond côtelé.

94 — Statuette en ancienne porcelaine de Saxe : jeune femme drapée debout personnifiant l'été.

95 — Tasse obconique avec couvercle et présentoir en ancienne porcelaine tendre de Sèvres, décor de médaillons présentant les attributs de l'amour; fond vert à œils-de-perdrix.

96 — Petit plateau en ancienne porcelaine tendre de Sèvres, à décor de fleurs sur fond vert.

97 — Tasse et soucoupe en ancienne porcelaine tendre de Sèvres, rinceaux violets, fond jaune.

98 — Petite tasse droite et soucoupe en ancienne porcelaine tendre de Sèvres : ustensiles dans des paysages et quadrillages dorés.

PORCELAINES ET GRÈS DU JAPON

99 — Deux coupes avec couvercles en ancienne porcelaine du Japon, décor de fleurs en bleu, rouge et or. Montures en bronze.

100 — Grand plat en ancienne porcelaine du Japon, décor bleu, rouge et or : femmes en promenade ; marli carrelé.

101 — Grand plat, même porcelaine : vase de fleurs : marli à grandes réserves.

102 — Deux plats creux, même porcelaine : paysages au fond et à la chute.

103 — Deux grands plats en ancienne porcelaine du Japon, décor en bleu, rouge et or : fleurs au fond, quatre grands compartiments au marli.

104 — Deux plats et deux assiettes en ancienne porcelaine du Japon : sujet galant de style européen.

105 — Deux plats creux en ancienne porcelaine du Japon, décor bleu, rouge et or : corbeille de fleurs au centre : marli à fond bleu.

106 — Deux plats en ancienne porcelaine du Japon, décor bleu, rouge et or : fleurs avec quatre compartiments au marli.

107 — Deux plats en ancienne porcelaine du Japon, décor bleu et rouge et or : vase de fleurs au fond, chrysanthèmes au marli.

108 — Deux plats creux octogones en ancienne porcelaine du Japon, décor bleu, rouge et or : paysage au fond.

109 — Deux plats en ancienne porcelaine du Japon, décor bleu, rouge et or, présentant deux jeunes femmes se promenant : marlis carrelés.

110 — Deux grands plats creux en ancienne porcelaine du Japon, décor bleu, rouge et or : vase de fleurs dans un médaillon entouré de chrysanthèmes et de pivoines.

111 — Petit plat creux en ancienne porcelaine du Japon, décor bleu, rouge et or : fleurs, chute ajourée.

112 — Fontaine obconique, avec couvercle et à une anse, en ancienne porcelaine du Japon : rinceaux et fleurs, fond rouge.

113 — FONTAINE à deux anses, avec couvercle, en ancienne porcelaine du Japon, décor bleu, rouge et or : fleurs.

114 — SUCRIER ROND, avec couvercle, en ancienne porcelaine du Japon, décor bleu, rouge et or, fleurs.

115 — BOL, avec couvercle, même porcelaine, décor bleu, rouge et or, fleurs et demi-rosaces.

116 — QUATRE ASSIETTES en ancienne porcelaine du Japon, présentant deux femmes, l'une tenant un parasol, l'autre donnant à manger à des poussins ; en deux modèles.

117 — BOL, théière avec couvercle et trois tasses avec soucoupes, en ancienne porcelaine du Japon, à motifs variés sur fond rouge.

118 — BOL en ancienne porcelaine du Japon : sujet galant, de style européen.

119 — DEUX BOLS, avec couvercles et à bords festonnés, en ancienne porcelaine du Japon, décor bleu, rouge et or ; fleurs.

120 — PORTE-HUILIER et deux burettes en ancienne porcelaine du Japon, décor bleu, rouge et or ; fleurs.

121 — DEUX BOUTEILLES côtelées en spirale. Même porcelaine.

122 — CAFETIÈRE OBCONIQUE. Même porcelaine.

123 — DEUX SALIÈRES. Même porcelaine.

124 — DEUX SAUCIÈRES. Même porcelaine.

125 — COUPE, avec couvercle surmonté d'un chien de Fô. Même porcelaine.

126 — BOL en ancienne porcelaine du Japon, décor bleu, rouge et or ; fleurs.

127 — Deux plats ovales. Même porcelaine.

128 — Quatorze pièces : plats ronds et compotiers, même porcelaine : personnages et fleurs.

129 — Porte-bouquet, en forme de poisson, en porcelaine blanche du Japon.

130 — Statuette de divinité japonaise en grès de Bizen.

131 — Statuette : Personnage accroupi en grès partiellement émaillé du Japon.

PORCELAINES DE CHINE

132 — Petit vase-rouleau en ancienne porcelaine de Chine, famille verte, décoré d'oiseaux et de plantes aquatiques : quadrillés à l'épaulement.

Haut., 25 cent.

133 — Statuette en ancienne porcelaine de Chine, famille verte, femme assise, vêtue d'une tunique, à fond vert.

Haut., 18 cent.

134 — Cage à mouche, en forme de sphère ajourée, en ancienne porcelaine de Chine, famille verte, à décor de fleurs et bandes à fond vert.

Diam., 10 cent.

135 — Deux petites coupes libatoires tripodes en ancienne porcelaine de Chine, famille verte, à décor de motifs irréguliers, fleurettes et insectes.

Haut., 11 cent.

136-137 — Deux statuettes en ancienne porcelaine de Chine, famille verte, représentant chacune un personnage barbu tenant le sceptre ; vêtements à fleurs, sur fonds jaune et vert.

Haut., 23 cent.

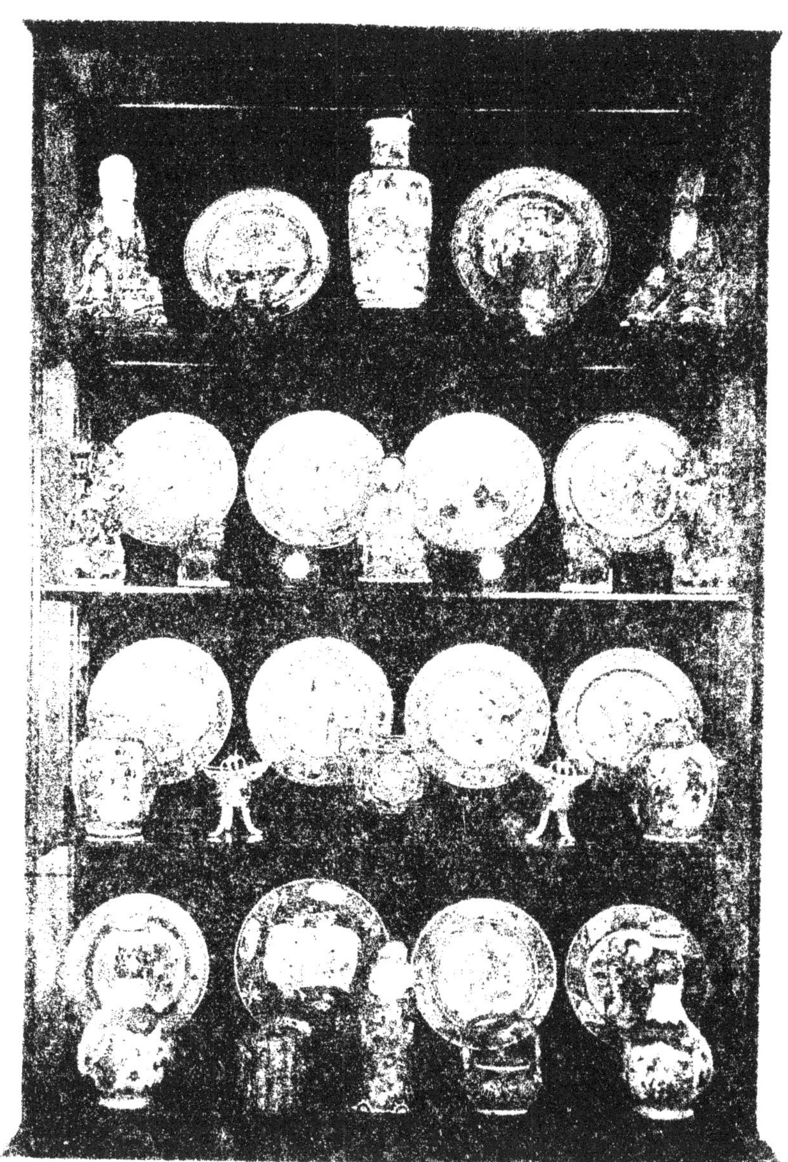

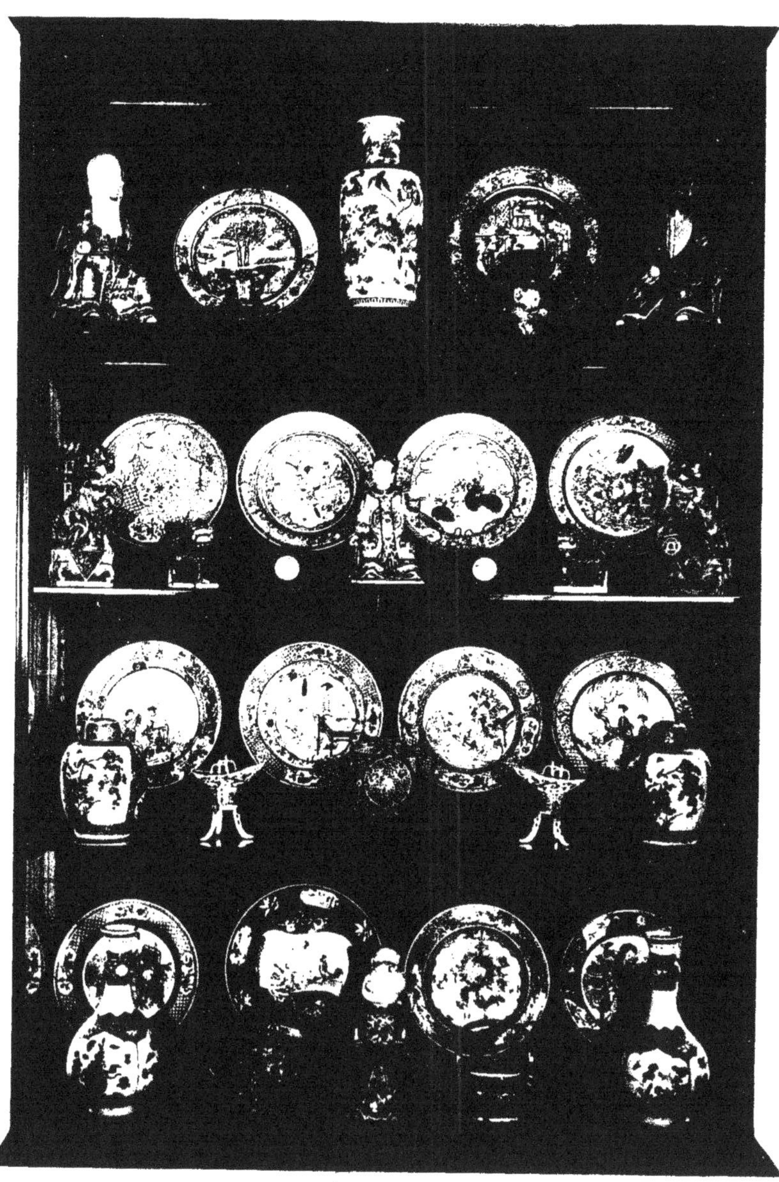

138 — Corbeille ovale, avec couvercle et anse surélevée, en ancienne porcelaine de Chine, famille verte, partiellement ajourée et décorée de fleurs.

139 — Groupe en ancienne porcelaine de Chine, famille verte : personnage, debout, ayant un enfant sur le dos ; ils portent des vêtements à fleurs et ont le visage souriant.

Haut., 22 cent.

140 — Deux petits pots ovoïdes en ancienne porcelaine de Chine, famille verte, à décor de compartiments et médaillons contenant des fleurs et se détachant sur un fond vert chargé de fleurs ; couvercles modernes.

Haut. 15 cent.

141 — Grand plat en ancienne porcelaine de Chine, famille verte, présentant de nombreux personnages groupés dans des habitations, devant lesquelles jouent des enfants.

Diam., 55 cent.

142 — Petit vase-balustre en ancienne porcelaine de Chine, famille verte, décoré de compartiments à fleurs bordés de bandes rouges à rinceaux. Il est monté en lampe.

143 — Grosse potiche, avec couvercle, en ancienne porcelaine de Chine, famille verte, à décor de nombreux compartiments contenant des paysages et des rochers fleuris.

144 — Quatre bouteilles, avec renflements au col, en ancienne porcelaine de Chine, famille verte ; décor de compartiments contenant des ustensiles et des rochers fleuris.

Haut., 24 cent.

145 — Vase-rouleau en ancienne porcelaine de Chine, famille verte, décoré de quatre compartiments contenant des scènes familiales et bordés de rinceaux.

Haut., 45 cent.

146 — Vase-rouleau en ancienne porcelaine de Chine, famille verte, décor dit aux cent chevreuils ; caractères d'écriture sur le col.

Haut., 48 cent.

147 — Grand vase-balustre en ancienne porcelaine de Chine, famille verte, décor d'oiseaux, de rochers et d'arbustes en fleurs.

Haut., 72 cent.

148 — Vasque ronde en ancienne porcelaine de Chine, famille verte, à décor d'oiseaux et d'arbustes.

Haut., 35 cent; diam., 39 cent.

149 — Deux plats creux en ancienne porcelaine de Chine, famille verte : au centre, des animaux : alentour, des compartiments de fleurs, ustensiles, etc.

150 — Deux petits plats creux en ancienne porcelaine de Chine, famille verte : vase de fleurs ; au marli, oiseaux et papillons.

151 — Deux compotiers, décor rayonnant, chutes ajourées. Ancienne porcelaine de Chine, famille verte.

152 — Plaque décorée de papillons et de branches fleuries en ancienne porcelaine de Chine, famille verte.

153 — Deux plats creux en ancienne porcelaine de Chine, famille verte ; au centre, médaillon de fleurs, alentour, huit compartiments irréguliers contenant des fleurs et des ustensiles avec bordures quadrillées à huit réserves.

154 — Deux théières avec couvercles et trois tasses avec soucoupes en ancienne porcelaine de Chine, famille verte, à décor de perroquets et branchages.

155 — Petit plat creux en ancienne porcelaine de Chine, famille verte présentant huit compartiments rayonnants, contenant des fleurs et des rochers.

156 — Deux bols en ancienne porcelaine de Chine, famille verte, décorés d'enfants jouant Nien-hao Tching-hoa.

Phototypie Berthaud, Paris

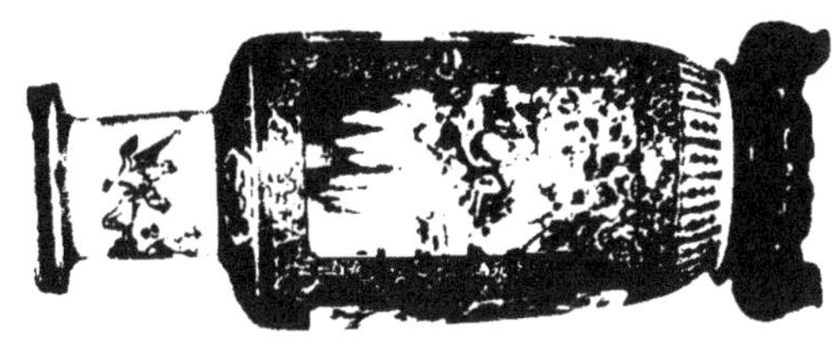

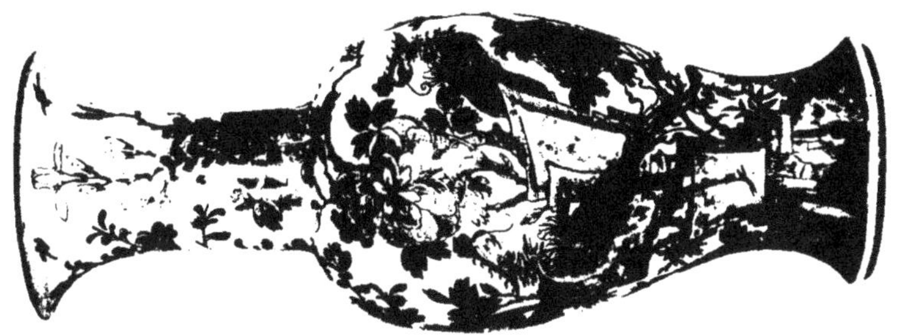
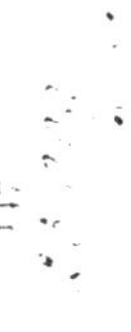
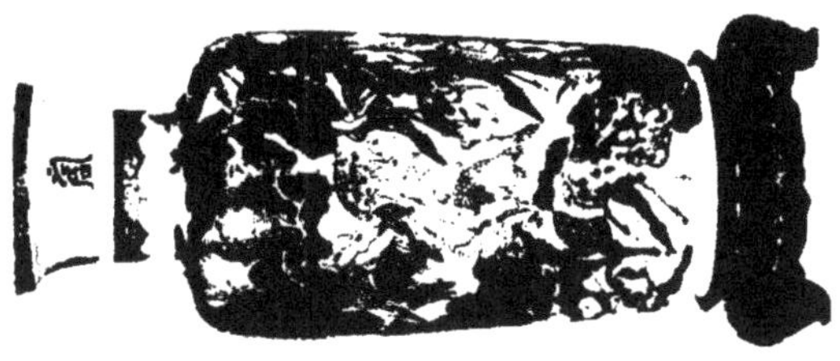

157 — Tasse et soucoupe en ancienne porcelaine de Chine, famille verte, décor de fleurs : pourtour de la tasse et revers de la soucoupe à fond noir.

158 — Plat en ancienne porcelaine de Chine, famille verte : au centre, une corbeille de fleurs entourée de huit compartiments rayonnants à fleurs. Marli carrelé à six réserves.

159 — Plat en ancienne porcelaine de Chine, famille verte : au centre, corbeille de fleurs entourée de huit compartiments variés de forme, contenant des branches fleuries ; marli carrelé à six réserves.

160 — Deux compotiers en ancienne porcelaine de Chine, famille verte : au fond, un enfant sur un escalier ; alentour, ustensiles variés.

161 à 163 — Huit potiches et quatre cornets en ancienne porcelaine de Chine, famille rose, décorés de médaillons contenant des paysages et séparés par des vases de fleurs : à l'épaulement et au col, lambrequins et bordures à fond rose. Seront divisés.)

Haut., 44 cent.

164 — Deux petites cages à mouches en forme de sphères ajourées et émaillées rouge à décor de médaillons. Ancienne porcelaine de Chine, famille rose.

165 — Deux tasses à thé avec soucoupes, sujets de style européen. Ancienne porcelaine de Chine, famille rose.

166 — Six tasses à thé variées, avec soucoupes. Même porcelaine.

167 — Six tasses à café, avec soucoupes, en ancienne porcelaine de Chine, famille rose, décor de femmes en grisaille, fonds clathrés.

168 — Six autres, coqs, fonds clathrés or, avec un pot à lait.

169 — Sept autres, variées.

170 — Deux autres plus petites avec soucoupes et une théière.

171 — Tasse et soucoupe en ancienne porcelaine de Chine, famille rose, ornées de réserves à fleurs sur fond carrelé rose; étroite bordure verte.

172 — Tasse et soucoupe en ancienne porcelaine de Chine, famille rose, décor de branches fleuries; étroite bordure carrelée rose à quatre réserves.

173 — Tasse et soucoupe en ancienne porcelaine de Chine, famille rose: animaux dans des réserves, fond or à rinceaux.

174 — Tasse et soucoupe en ancienne porcelaine de Chine, famille rose: scène familiale et petits compartiments contenant des animaux et des paysages.

175 — Tasse et soucoupe en ancienne porcelaine de Chine, famille rose, présentant une femme et deux enfants dans un paysage.

176 — Tasse et soucoupe en ancienne porcelaine de Chine, famille rose, présentant une femme et trois enfants; revers rouge d'or à la soucoupe.

177 — Tasse et soucoupe en ancienne porcelaine de Chine, famille rose, décorées d'oiseaux au milieu de fleurs.

178 — Tasse et soucoupe en ancienne porcelaine de Chine, famille rose, compartiments de fleurs; fond clathré vert.

179 — Tasse et soucoupe en ancienne porcelaine de Chine, famille rose: réserves de fleurs, fond carrelé rose.

180 — Tasse et soucoupe en ancienne porcelaine de Chine, famille rose: fleurs et réserves carrelées rose sur fond clathré bleu.

181 — Tasse et soucoupe en ancienne porcelaine de Chine, famille rose: fleurs au milieu de rinceaux verts.

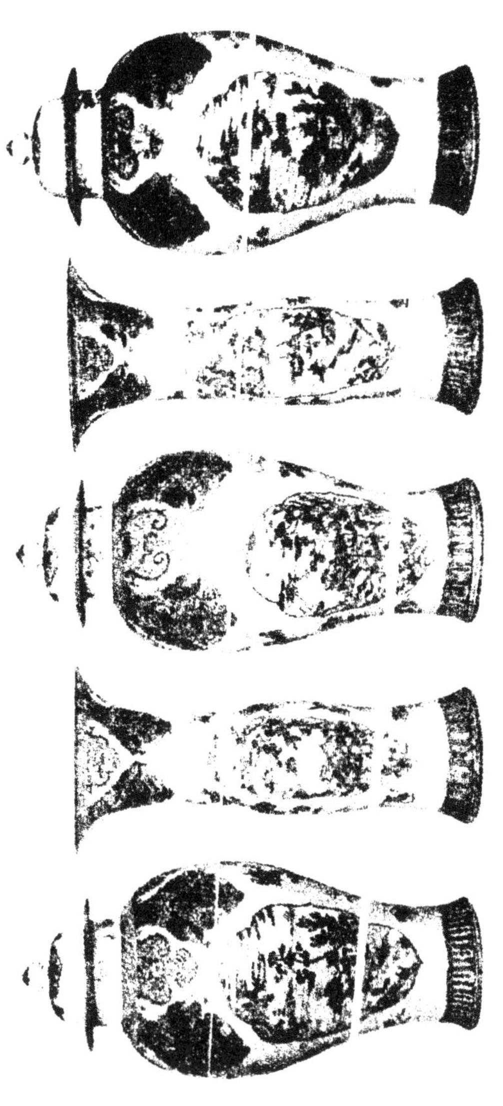

161

Phototypie Berthaud, Paris

182 — Tasse et soucoupe en ancienne porcelaine de Chine, famille rose : fleurs dans des réserves placées au milieu de rinceaux et de fleurs.

183 — Tasse et soucoupe en ancienne porcelaine de Chine, famille rose, décor de fleurs ; pourtour de la tasse et revers de la soucoupe émaillés rose.

184 — Tasse et soucoupe en ancienne porcelaine de Chine, famille rose, à décor de papillons sur fond rouge d'or.

185 — Tasse et soucoupe en ancienne porcelaine de Chine, famille rose : médaillons à paysages sur fond rouge d'or.

186 — Tasse et soucoupe en ancienne porcelaine de Chine, famille rose, corbeilles de fleurs : bordures à lambrequins clathrés or.

187 — Tasse et soucoupe en ancienne porcelaine de Chine, famille rose : scènes familiales à trois personnages entourées de rinceaux dorés.

188 — Petit pot a lait en ancienne porcelaine de Chine, famille rose, compartiments de fleurs, fond clathré or.

189 — Flacon à thé, avec couvercle, en ancienne porcelaine de Chine, famille rose, orné de deux compartiments à fleurs et scènes familiales ; fond de rinceaux dorés.

190 — Grand bol en ancienne porcelaine de Chine, famille rose, réserves à fleurs et coqs se détachant sur fond noir, chargé de chrysanthèmes.

191 — Deux plats en ancienne porcelaine de Chine, famille rose : au fond, quatre personnages ; au marli, des groupes de poissons et des oiseaux.

192 — Bourdaloue en ancienne porcelaine de Chine, famille rose, provenant du service de la *Du Barry*.

193 — Deux statuettes en ancienne porcelaine de Chine, famille rose: femmes debout tenant un enfant.

194 — Assiette en ancienne porcelaine de Chine, famille rose: jeune femme surveillant trois enfants jouant.

195 — Assiette creuse, en ancienne porcelaine de Chine, famille rose, décorée sur fond rouge d'or de réserves contenant des coqs et des paysages.

196 — Compotier en ancienne porcelaine mince de la Chine, famille rose, présentant cinq médaillons contenant des fleurs sur fond carrelé rose et clathré bleu-pâle. Revers rouge d'or.

197 — Assiette creuse en ancienne porcelaine mince de la Chine ; décor en grisaille et dorure : paysage animé, marli à fleurs.

198 — Assiette creuse en ancienne porcelaine mince de la Chine, famille rose, présentant deux femmes et un enfant en grisaille avec marli en grisaille et couleur : Nien-hao de Yung-Tching.

199 — Assiette creuse en ancienne porcelaine mince de la Chine, famille rose : promenade à cheval. Marli à rinceaux dorés et réserves de fleurs.

200 — Assiette creuse en ancienne porcelaine mince de la Chine, famille rose : fleurs et papillons ; marli carrelé rose à réserves.

201 — Autre assiette décorée d'une femme et de deux enfants au milieu de vases et ustensiles. Marli carrelé rose et à réserves. Revers rouge d'or.

202 — Autre assiette : femme accompagnée de trois enfants ; près, d'eux des vases et objets mobiliers. Marli carrelé rose et à réserves.

203 — Assiette creuse en ancienne porcelaine de Chine, coquille d'œuf, présentant une femme assise à une table, accompagnée d'un enfant ; alentour, une couronne de fleurs avec gland noir. Marli carrelé noir à réserves. Revers rouge d'or.

204 — Assiette creuse en ancienne porcelaine de Chine, coquille d'œuf, décorée de deux béliers avec fleurs et rinceaux au marli.

205 — Assiette creuse en ancienne porcelaine de Chine, coquille d'œuf, présentant deux femmes et deux enfants jouant avec des lapins. Chute et marli à cinq bordures.

206 — Assiette creuse en ancienne porcelaine de Chine, coquille d'œuf, présentant une femme et deux enfants auprès de vases et d'une table chargée d'ustensiles. Marli et chute aux sept bordures. Revers rouge d'or.

207 — Assiette en ancienne porcelaine de Chine, coquille d'œuf, décorée de deux perdrix, de raisins et de fleurs ; chute et marli à quatre bordures. Revers rouge d'or.

208 — Assiette creuse en ancienne porcelaine mince de la Chine, ornée d'un paysage ; revers rouge d'or.

209 — Deux assiettes en ancienne porcelaine de Chine : fleurs, insectes et papillons ; marlis à entrelacs.

210 — Deux assiettes en ancienne porcelaine de Chine, présentant chacune une scène familiale ; marli argenté à huit réserves.

211 — Assiette en ancienne porcelaine de Chine : décor en grisaille et dorure : scène familiale à quatre personnages.

212 — Assiette creuse en ancienne porcelaine de Chine : fleurs et papillons en grisaille ; au marli, bâtons rompus en dorure.

213 — Théière, avec couvercle, en ancienne porcelaine de Chine, émaillée sur biscuit ; elle affecte la forme d'un bambou et est décorée de fleurettes sur fonds vert, jaune et violet.

214 — Deux chimères, porte-fleurs, en ancienne porcelaine de Chine, émaillée sur biscuit ; l'une d'elles accompagnée d'une petite chimère ; l'autre, la patte appuyée sur une sphère ajourée.

Haut., 19 cent.

215 — Coupe libatoire en ancienne porcelaine de Chine émaillée sur biscuit, décorée de fleurs et de lézards en relief.

216 — Deux petites chimères en ancienne porcelaine de Chine émaillée sur biscuit ; l'une accompagnée d'une autre chimère ; l'autre, la patte appuyée sur une sphère.

217 — Petit pitong, forme bambou, en ancienne porcelaine de Chine, à décor de fleurs et rochers en relief sur fond jaune.

218 — Dragon menaçant en ancienne porcelaine blanche de la Chine.

219 — Deux petits vases-balustres plats en ancienne porcelaine de Chine, décor de personnages avec bordures de fleurs et rinceaux en bleu.

220 — Deux vases-balustres en ancienne porcelaine de Chine ; décor de scènes familiales avec encadrements de fleurs et rinceaux en bleu.

221 — Gourde en ancienne porcelaine de Chine, à décor de gourdes sur fond jaune.

222 — Autre émaillée rouge, même porcelaine.

223 — Petite boite lenticulaire en ancienne porcelaine de Chine : branches fleuries sur fond jaune.

224 — Grosse théière, avec couvercle, en ancienne porcelaine de Chine, présentant des scènes familiales.

225 — Petite bouteille en ancien céladon bleu-turquoise de la Chine.

226 — Cornet en ancien céladon bleu-turquoise de la Chine, décor de motifs irréguliers et de feuillages.

227 — Deux vases, avec couvercles, en ancienne porcelaine de Chine, à décor de rochers et de chrysanthèmes.

228 — Grand brule-parfum tripode à anses surélevées, décoré de rinceaux et rosaces sur fond rouge d'or. Pied et couvercle en bois ajouré avec bouton de jade. Epoque Kien-lung.

229 — Deux petites potiches, avec couvercles, en ancienne porcelaine de Chine, décorée de deux compartiments contenant des scènes familiales et se détachant sur fond or à fleurs.

230 — Deux petites potiches, avec couvercles, en ancienne porcelaine de Chine, à décor de compartiments contenant des scènes familiales : fond carrelé.

231 — Deux sucriers, avec couvercles et à deux anses, en ancienne porcelaine de Chine : décor bleu, rouge et or : haie fleurie.

232 — Bol, partiellement ajouré, en ancienne porcelaine de Chine, décor bleu.

233 — Aiguière, décor bleu, ancienne porcelaine de Chine.

234 — Grande cafetière à pans, décor bleu ; même porcelaine.

235 — Deux grandes bouteilles, décor bleu à rinceaux ; ancienne porcelaine de Chine.

236 — Trois pots ovoides, décor bleu à compartiments de fleurs ; ancienne porcelaine de Chine.

237 — Deux grands plats creux et un autre plus petit en ancienne porcelaine de Chine ; décor bleu : personnages sous un bosquet.

238 — Deux petits plats analogues.

239 — Deux plats ronds, décor bleu, scène familiale à trois personnages. Ancienne porcelaine de Chine.

240 — Deux autres simulant des lotus.

241 — Deux légumiers avec plateaux et couvercles, décor bleu ; ancienne porcelaine de la Compagnie des Indes.

242 — Grand bol, même porcelaine.

243 — Deux écuelles avec couvercles, décor bleu ; ancienne porcelaine de Chine.

244 — Deux plats ronds, fleurs et insectes en bleu ; ancienne porcelaine de Chine.

245 — Plat rond, présentant quatre personnages, poissons au marli ; même porcelaine.

246 — Sous ce numéro, pièces de service en ancienne porcelaine de Chine et de la Compagnie des Indes, à décor bleu.

ARGENTERIE, PLAQUÉ

247 — Légumier avec couvercle et double-fond en argent : bordure de laurier. Chiffré. *Maison Odiot.*

248 — Deux saucières avec doubles-fonds du même service.

249 — Trois plats ovales en deux dimensions et six plats ronds en deux dimensions du même service.

250 — Six salières en argent, du même service.

251 — Six porte-menus en argent.

252 — Service à salade, argent.

253 — Deux pelles à glace, argent.

254 — Ciseaux à raisin, argent.

255 — Huit pièces de service à dessert, argent.

256 — Théière, cafetière, chocolatière, pot à lait et sucrier. Argent. Chiffrés. *Maison Odiot.*

257 — Dix-huit cuillers et dix-huit fourchettes de table. Chiffrées. Argent.

258 — Dix-huit cuillers à café assortis.

259 — Vingt-quatre cuillers et vingt-quatre fourchettes de table chiffrées F.

260 — Six fourchettes à escargots, argent.

261 — Dix-sept fourchettes à huitres. Argent et ivoire.

262 — Cafetière et sucrier en argent guilloché. Chiffrés. *Maison Odiot.*

263 — Théière, cafetière, service et pot à lait. Argent. Décor de guirlandes de fleurs.

264 — Chocolatière, théière et pot à eau chaude, en argent, à côtes torses.

265 — Deux plats à soufflés en argent.

266 — Plat à œufs en argent.

267 — Bougeoir en argent.

268 — Sonnette en argent.

269 — Douze fourchettes à melon. Argent et ivoire.

270 — Quatre salières-coquilles et quatre pelles à sel en argent. Travail anglais.

271 — COUPE sur piédouche avec couvercle en argent ayant appartenu à Rachel.

272 — DEUX CAISSES à argenterie, contenant trente-six cuillers et soixante fourchettes de table; quarante-huit couteaux de table; trente-six couteaux à dessert, lames acier; trente-six couteaux, lames argent doré, à dessert; quatre pièces à hors-d'œuvre; une louche; un couvert à salade et deux cuillers à ragoût. Trente-six cuillers et trente-six fourchettes, argent doré: quarante-huit cuillers et vingt-quatre fourchettes à entremets en argent; quarante-huit cuillers à café en deux dimensions, en argent doré; pince à sucre; couteau à fromage; deux cuillers à sucre et quatre cuillers à compote, argent doré. Le tout chiffré, de chez *Odiot*

273 à 275 — LOT de pièces de service en argent.

276 — DEUX CANDÉLABRES, à quatre lumières, en bronze argenté.

277 — PLATEAU de surtout en métal argenté.

278 — JARDINIÈRE en métal argenté.

279 à 281 — COUVERTS, plateaux, etc., en métal.

DENTELLES, FOURRURES

282 — BARBE, ancien point d'Angleterre.

283 — TROIS MÈTRES QUARANTE Malines.

284 — CINQ MÈTRES CINQUANTE Valenciennes.

285 — SOIXANTE-QUINZE centimètres et mouchoir garni de Binche.

286 — SEPT MÈTRES CINQUANTE application.

287 — Echarpe en application d'Angleterre.

288 — Neuf mètres application d'Angleterre.

289 — Voile application d'Angleterre.

290 — Quatre mètres cinquante point d'Alençon. En plusieurs coupes.

291 — Huit mètres point d'Alençon.

292 — Deux mètres point d'Angleterre.

293 — Deux cols Alençon et deux manchons Venise.

294 — Robe défaite en mousseline brodée.

295 à 300 — Dix mouchoirs en linon brodé, garnis de Valenciennes. Chiffrés.

301 — Mouchoir garni de point d'Angleterre.

302 — Mouchoir garni de Valenciennes.

303 — Carré de linon garni d'ancienne guipure plate de Venise.

304 — Plusieurs quilles Chantilly.

305 — Echarpe Chantilly. En deux morceaux.

306 — Chale carré Chantilly.

307 — Trois morceaux Chantilly.

308 — Dessus d'ombrelle, fichu et voile Chantilly.

309-310 — Lot de dentelles noires.

311 — Doublure de rotonde en chinchilla.

312 — COLLET de loutre avec col zibeline.

313 — TAPIS en ours noir.

314 — CRAVATE en hermine.

315 — GARNITURE en zibeline.

316 — CRAVATE en zibeline.

317 — MANCHON en zibeline.

318 — MANCHON de loutre.

319 — BOA en fourrure

OBJETS VARIÉS DE L'EXTRÊME-ORIENT

320 — PORTE-FLEURS, en forme de tronc d'arbre, en jade gris-verdâtre de la Chine.

321 — PORTE-FLEURS, en forme de roche, en cristal de roche améthyste. Chine.

322 — PORTE-FLEURS, en forme de tronc d'arbre, en cristal de roche, de travail chinois.

323 — TRÈS PETITE ÉTAGÈRE en laque du Japon.

324 — NETZUKÉ et deux très petits masques en bois sculpté. Japon.

325 — BOITE, en forme de fruit, en laque d'or du Japon.

326 — ECRITOIRE en laque du Japon : personnage et enfant sur un pont : fond aventuriné.

327 — Trois inros en laque du Japon variés.

328 — Petite boite, forme poisson, en laque du Japon.

329 — Boite, simulant deux éventails, en laque d'or du Japon.

330 — Boite, simulant deux coquilles, en laque du Japon.

331 — Boite, simulant une étoffe nouée, en laque du Japon.

332 — Boite, de forme contournée, en laque du Japon.

333 — Boite ronde, armoiries sur fond aventurine. Laque du Japon

334 — Boite hexagone en laque du Japon.

335 — Boite, ornée d'une embarcation, en laque du Japon.

336 — Peigne en laque du Japon.

337 à 340 — Neuf pièces, groupes et figurines, en ivoire sculpté du Japon.

341 — Deux flacons-tabatières en verre taillé, avec peintures à l'intérieur.

342 — Deux pitongs en ivoire sculpté, à personnages. Japon.

343 — Etui, décoré de personnages et fruits, en os.

344 — Sept masques japonais.

345 — Quatre autres plus petits.

346 — Quatre gardes de sabres japonais.

347 — Coq en bronze du Japon.

348 — Crabe en bronze du Japon.

349 — Chimère, formant brûle-parfum, en bronze du Japon.

350 — Brule-parfum, en forme d'éléphant, en bronze du Japon.

351 — Buffle, portant un personnage, en bronze du Japon.

352 — Album japonais.

OBJETS DIVERS, PIANO

353 — Etui cylindrique, décoré au vernis : enfants nus, fond vieil or, xviiie siècle.

354 — Bonbonnière ronde en cristal taillé ; monture en or de couleur. Fin de l'époque Louis XV.

355 — Bonbonnière ronde en or partiellement émaillé violet. Bordure de petites feuilles et points d'émail. Époque Louis XVI.

356 — Etui à cire, ovale de plan, en or de couleur ciselé, à décor d'attributs. Epoque Louis XVI.

357 — Boite ronde en écaille blonde posée et piquée d'or.

358 — Christ en buis sculpté, dans un cadre en bois sculpté et doré, orné de fleurs de lys et de feuillages, avec fronton surmonté de l'allégorie du pélican. xviiie siècle. Il aurait appartenu à Madame Victoire.

Hauteur totale, 1 m. 45 cent.

359 — Christ en ivoire, dans un cadre doré.

360 — Six chassis, ornés de vitraux variés.

361 — Éventail en ivoire, à feuille présentant les portraits de *Necker*, *Bergasse* et *Despremesnil*. Époque révolutionnaire.

362 — Éventail, à monture de nacre dorée : Apparition de Vénus à Paris, sur la feuille. Époque Louis XVI.

363 à 365 — Sous ce numéro, Catalogues de ventes illustrés et reliés, Dictionnaires des contemporains de Vapereau, Dictionnaire de Bouillet; la Porcelaine de Chine, de Dusartel, l'Histoire de la Porcelaine de Jacquemard, Rome de Francis Wey, etc.

366 — Piano à queue, d'Érard.

SCULPTURES

367 — Statuette en terre cuite : Mercure, d'après *Pigalle*.

368 — Statuette en terre cuite : Flore, de *Carpeaux*.

369 — Statuette en marbre blanc : David, de *Mercié*.

Haut., 1 m. 15 cent.

370 — Deux bustes en marbre blanc, petite nature : Jeune femme et vieillard. Signés : *A. Carrier*.

371 — Deux colonnes en marbre vert de mer.

Haut., 1 m. 92 cent.

BRONZES, PENDULES

372 — Statuette en bronze : la Musique, de Delaplanche. *Maison Barbedienne*.

373 — Groupe en bronze, à patine brune : la Charité, de Dubois. *Maison Barbedienne*.

Haut., 77 cent.

374 — Pendule en bronze doré, à mouvement porté par deux aigles, reposant sur une base ajourée. *Maison Beurdeley.*

375 — Cartel en bronze doré : le Char de l'Amour. *Maison Beurdeley.*

376 — Pendule en marqueterie de cuivre sur écaille, garnie de bronzes dorés : le Temps et les Trois Parques.

377 — Pendule en marqueterie d'écaille, cuivre et étain, garnie de bronzes.

378 — Petite horloge de voyage en bronze doré. *Maison Leroy.*

379 — Deux chenets en bronze patiné et doré : modèle à sphinx.

MEUBLES

380 — Petite table, à un tiroir, en ébène et ancienne laque burgautée du Japon : garnitures de bronzes. *Maison Beurdeley.*

381 — Bureau à cylindre en bois de placage, décor de quadrillés et médaillons, encadrements et bas-reliefs en bronze doré à fleurs et jeux d'enfants. *Maison Beurdeley.* Reproduction du bureau de Riesener, qui décora longtemps le palais du Petit-Trianon.)

382 — Secrétaire, à abattant, en acajou, garni de bronzes dorés; tablette d'entrejambes. Dessus de marbre blanc. *Maison Beurdeley.* (Copie de Riesener.)

383 — Vitrine en bois noir, ornée de quatre plaques en ancien émail peint de Limoges à sujet d'amours.

9160

384 — Commode à trois rangs de tiroirs en marqueterie de bois de couleur à quadrillés et attributs : frise, encadrements, rosaces, sabots en bronze doré. Dessus en marbre blanc. (Reproduction de la commode de Riesener du palais de Fontainebleau. *Maison Dasson*.)

400

385 — Table de nuit en bois de placage, garnie de bronzes. Dessus en marbre brocatelle. *Maison Dasson*.

5.100

386 — Meuble-secrétaire de milieu, de forme ovale, sur quatre pieds reliés par une tablette en bois de placage et bronzes. Dessus de marbre blanc. Par *Piré*.

387 — Vitrine en fer et glace, soubassement en bois noir.

Haut., 2 m. 10 cent.; larg., 1 m. 05 cent., prof., 38 cent.

388 — Vitrine murale en fer et glace sur soubassement de bois noir.

Haut., 2 m. 35 cent., larg., 2 m. 15 cent.; prof., 35 cent.

389 — Sous ce numéro, mobilier courant : sièges, consoles, tables, tapis, lustres, etc. (Sera divisé.)

www.ingramcontent.com/pod-product-compliance
Ingram Content Group UK Ltd.
Pitfield, Milton Keynes, MK11 3LW, UK
UKHW021124260726
13994UKWH00002B/978